눈으로 먹는 밥

이 도서의 국립중앙도서관 출판시도서목록(CIP)은 e-CIP 홈페이지
(http://www.nl.go.kr/ecip)에서 이용하실 수 있습니다.
(CIP 제어번호 : CIP2012005650)

눈으로 먹는 밥

글쓴이 / 김성수
펴낸이 / 孫貞順
펴낸곳 / 모아드림

1판 1쇄 / 2012년 12월 20일

서울 서대문구 북아현3동 1-1278
전화 / 365-8111~2
팩시밀리 / 365-8110
E-mail / morebook@morebook.co.kr
http://www.morebook.co.kr
등록번호 / 제2-2264호(1996.10.24)

ⓒ김성수
ISBN 978-89-5664-157-7

* 이 책은 제주문화예술재단의 2012년도 예술창작지원금을 일부 받았습니다.

값 9,000원

모아드림 기획시선 139

눈으로 먹는 밥

김성수 시집

모아드림

■ 시인의 말

　　내 속으로 들어온 내 말 풀어놓는다 그리고 아무도
나를 몰라보는 일이다 나 또한 그 누구도 물어보지 않
을 것이다 그게 시 한복판에 서는 일일 게다

2012, 겨울
절동산에서 김성수

차례

3부 A의 집

4부 우도에서 일박

제1부
길섶의 꽃

낮 달

마실길에
꿔 온 좁쌀보따리 이고 선, 한낮

어디쯤일까, ─65살

기억 속 기척
싸리비로 쓸어가는 햇살

혼자라는 것, 혼자
남았다는 것

저녁까지
달그락 밥숟갈 따라가는

빈 방

달그락,
　끝내 피붙이 내려놓지 못하고 제 귀에 박힌 질기고 질
긴 문고리
　그 긴 소리 하얘지도록 들창바라기 하고 있을 어머니,

　아흔한 살,

봄비

지난 겨울 저 세상으로 떠난 여자가, 23년간 내 곁에 살면서 지긋지긋 징글맞다고 말했던 여자가 내 창 밖의 감나무 아래까지 내려와 창문을 두들기는 이유는 뭘까 아마 나로부터 한마디 말 꼭 듣고 싶어서일 게다

— 미안하다

달걀 3개
— 1967년 겨울

공무원 시험 보고 돌아오는 길에 배 시간 맞춰 평택 큰
누나 시집에 들른 내게 두리번 두리번 밤 막기차 배웅하
며 멈칫멈칫 내 양손목까지 덥석 붙잡고 건네주던 보자기
속 삶은 달걀 3개, 지금 나 노란 달무리 속 건너 뚝 뚝 뚝
밟고 선 아들녀석 하나 딸년 둘

주전자

입,
보란듯이 그 배알 그 주둥이
끝내, 이 게걸
내가 지금 내가 아닙니다
뉴우턴이시여, 펑하니 뚫을 힘
오줌구멍보다 똥구멍을
내 나이 예순한 살하고도 한 살이 덥니다
어찌합니까, 이 허기
먹어치우기 만하고 뱉어내는 데 소홀했던 몸뚱아리
이 아가리에 걸맞게, 그러니까
스물두 살 적 숨소리 그 폭포소리
똥 한 번 쫘악–쫘악 훑을 그
중력
아이작 뉴우턴이시여, 가호를 다시 한 번
내게

자기홀극

19살,
2001년 11월 수능시험 9일 전이다, 엄마가
어머니가 돌아가셨다.
20살,
2002년 1월 대학 합격통지서 날아들었다, 아빠가
아버지가 돈봉투를 내미셨다.

— 느 어멍 조의금이다

이내, 그 지극함이 붉은 가시로 자라 바다 한복판 쏘아
대는 화살 그 화살이 화살에게로 가 제 몸 찔러대는 불나
비 그리고 높이 올린 촉수 내가 나를 더듬듯 헤는 그 실날
같은 따스함 더는 끝까지 함께하지 못한 내가 그 날숨 한
올 당기며 건너는 수평선, 나를 보다

‘ㄹ’의 탈락

    불이 부畵로 곧 물이 무無로 이어지는 내 내리막 생의
끝자락, 그 누구 한 사람 만남도 무섭고 다 무섭고 뚜벅뚜
벅 내 것으로 내 것으로 가는 먼 발걸음, 64살

초승달

명령이라는 듯 바다 위에 간당간당 쪽배 하나 띄워놓고
하늘은 내게 오른쪽 눈꼬리 씰룩이며 오직 한 곳 느릿느
릿 그리고 사르사르 수평선 건너가는 걸 보여주었다

— 그날 난 첫배를 탔다, 13살

능소화

아스스,
내 안의 바닥 이끌고 아득바득 만질 수 없는 곳까지 곁
으로 더 곁으로 더욱 곁으로 기고 더듬어 올려놓은 돌담
위 더운 숨, 내 몸의 바깥
  텅 빈, 더는 거부할 수 없는 입체
  나,

품는다

가을이라, 씨호박은
굽은 등짝 만한 외할머니 초가지붕 위에서 언뜻언뜻 내
비추는 햇살 한 톨 품느라 이 가을, 등줄기 한 번 더 비틀
겠지, 그래

　— 다 잃은 데는 다 지키려는 데 있었다

내 곁 가을 내 탓이 되는
껴안듯 밀쳐낸 그 딸년
외손자, 겨울 건너 봄이 춥겠다

노형 그 팽나무
― 노형리 835번지 어귀

알폭낭,

　내 기억 속 어머니는 한창 때 몸집 탱탱 굳게 지탱하려
는 팔다리 그 팔다리 건너 파삭파삭 가을볕 솔바람에 나
이마저 뭉개며 잊혀나간 속 그 속 건너 덕지덕지 내 새끼
아문 상처 굽은 등줄기 탄 다문 입 그 다문 입 건너 비척
비척 밤길 걸어 돌아온 아버지 발목 그 발목 덥석 붙잡던
눈망울 그 암노루 눈망울이 갔다, 택지개발 그 포크레인
지게발에 뽑혀 갔다, 그 뿌리에 매달린 그 누이 그 형 그
어른들이 트럭의 끝에 갔다

　폭낭알

※알폭낭 : 열매 달린 팽나무
　폭낭알 : 팽나무 아래

긴 날
— 1976년 봄

작은 누나는, 낫 놓고 기역자 겨우 떼고 뭍으로 피란민
따라가 방직공에 염직공으로 전전하다 시집갔다

— 남동생아, 느 조카 학교들고 나서 위문편지 그 국군
장병 위문편지 숙제라고 하며 써달라고 졸라댈 때 그 때
가 참 어렵고 힘들더라

콜록, 콜록콜록
방 구석 입 막고 가슴 붙잡는 콜록이 누나

1월

서,
있다는 것, 떡
서서 홀로 지켜낼 수 있다는 것, 뚝
꽃 진 자리, 너로 하여
돌아올 수 있다는 것, 돌아와
엉엉 울 수 있다는 것, 흔들리지 마라
바다 너머 목소리
너가
흔들리면 나 무너진다는 것
너가
무너지면 나 부서진다는 것
너가
부서지면 너와나 흩어진다는 것
너와 나
흩어지면 그 모두 사라진다는 것
허허 알몸 속 일직선상
꼿꼿이 기다려내야 만난다는 것, 나를
너는 알았다

길섶의 꽃

잠시,
차를 낮다
그리고
걸었다, 그리고
주변을 봤다, 그리고
가득했다, 그리고

무덤 하나, 봤다

2부
1년 더

돌담 건너는 귤나무

뚝,

동강나는 팔다리 붉고 푸르다

천지天地의 눈이 한시절 굽은 등 건너고 있다

눈물과 고백으로는 잔영같은 추억 하나 건질 수가 없다

진지전 씨박힌 귤 하나 시장의 전몰비 안고 장강長江에 숨몰아 몸 누인다 서북쪽으로 바람이 치는데 빈 귤밭에 번득번득 눈발이 치는데 입춘지나 귤이파리 사이로 베롱베롱 어미 떠난 손자녀석 내비치는 불독새기 그 붕알붕알, 남은 귤 하나하나 입양아처럼 가련하다

이른 봄이라, 돌담 갑골문자들 시큰시큰 깊은 내력을 모두 덮는다

하루가 지난날 가쁜 내 숨결을 몰고와서 팔·등·목 푸르뎅뎅하다

ㄴ과 ㄱ 사이

너의,
내가 몰래 달라붙어 기억을 훔친다

아프다, 배슬배슬 배앓이 암탉처럼 축 늘어지내고 꺾어
지내는 날로부터 두통에 스멀스멀 속이 메슥거리는 게

ㅁ 건너 ㅇ 을,

오늘만, 먹게

63살,
홀아비 11년 7개월 7일이다
찾아내서 불러주는 것만으로, 이 가을

— 남자로 꿈을 꾸고 꿈이 남자를 낳았다

53살,
소주방 주인 그녀, 로사
지난 가을 술잔에 핀 국화

— 붉은 불빛이 아름답다면 흰 술잔은 소중하다

짠,
술 한 잔 더

퇴근길, 술 한잔이

퇴근길이다
신제주초등학교 운동장 귀퉁이
설핏이 저녁 햇살이 남아 있는 팽나무
등을 붙였다
간밤 잠 설치던 활화산이 떠올랐다
용암을 멍하니 바라보고 서 있던 남자, 그 위로
수평선 너머로 들려오는 뇌성을 뒤로하고 다가서는 한
여자
나는 나무에 올라 마구 가지를 흔들었다
수상한 것은 흔들면 흔들수록 나뭇잎은 그만큼 떨어지
지가 않았다
먼저 떨어진 나뭇잎, 그 나뭇잎 하나 바다를 넘었으리라
열네 살에 돈 벌러 나간 사촌형이 타고 올 것이고
아들 하나 딸 둘 버리고 딴 남자 따라간 애 어미도 돌아
올 것이다
얼마나 흔들었을까
뚝 뚝 뚝 부러지는 남쪽 긴 나뭇가지 하나
아직, 나뭇잎 아우성

왼손목으로 오른손목으로 흐르는 피 멈추지 않았는데
꿀꺽, 술 한잔
아니 벌써 삼켜버리기에는

한 란

곳, 곳으로
기다림 송송 피워 보낸다

허나,
그 지순이 종종 도시 바람을 탄다, 그때마다 칼끝에 칼날
흉흉하다

이미,
다 안다고 그리고 느끼고 있다고 이 노출의 시대에 그 맵시
나에게 나를 묻는다

단 한 번이면 어떤가
목쉰 바람이 방향을 튼다
부족함이 있었던가
부족함을 부족으로 채울 수 있다는 꼿꼿함
난 이런 여자를 보면 겁탈하고 싶다
죄의식 없는 완전범죄 가능하다

오십대

그녀가 아팠다, 가벼운 감기라 했다 그러나
　약을 사들고 술친구들이 힐끗힐끗 뭘 그럴 거 있냐고
눈치주는 걸 마다하고 물어물어 찾아들었다

　— 아프면 약 먹는 거 그 약 먹어주는 거 그게 얼마나
고마운 일이었는지

　그 밤,
　불빛이 뭉글뭉글 괴어오르는 그림자에 망가지는 한 사
내를 봤다

가을비

울어라
내 안에서 나를 위해
점 · 점 · 점
점에서 선으로
선 — 선 — 선
선에서 각으로
각 〈 각 〈 각
각에서 원으로
원 ○ 원 ○ 원
원에서 원으로
— 할머니, 저 비 끝에 귤 하나 내꺼?
둥글게 둥글게 둥글게
몇 날 째 그 긴 가지에 걸린 가을

구두 수선집에서

구두뒷굽,
갈라선다는 것, 가만히 보니
눈인사 마주하고 만남은 11년 11개월 11일 만이네

— 네가 먼저 내게 미안하다 하면 내가 네게 얼마나 많
이 미안하다고 해야 되는 걸까

너의
한없이 높이높이 올라가 푸른 하늘 마시며 훨훨 춤추고
싶었던 더운 숨소리의 내가
나의
아주 먼 아래로아래로 내려가 너른 들 밟으며 쿵쿵 뿌
리내리고 싶었던 거친 발자국의 네가
같은 몸뚱어리었다는 걸 더없이 알겠다

너와 나
가까이 더 가까이 더욱 가까이
너 역시 외로웠을 지난, 날들

다시 정방폭포에 서다

무릇,
닫고 여는 지상의 모든 것, 곧고
휘이고 굽히다가 둥글게 굴러나가는 일, 그로
점점 더 부글거리는 오장육부, 사실
내 자신 굴종에 대한 증오가 아니던가, 그러니까
나를 내가 지겨워지는 저녁이 아니었을까
그 너머 바다가 보였다
바다 가장자리까지 와서
바다라는 걸 보면서도 난 또 바다를 보고 있었다, 손짓
저녁놀의 손짓은 황홀하다, 죽음이
그리워지도록 모성이 감싸고 있고, 까마득히
딱 한 번 들어봤던 조개의 울음소리, 다시
들어볼 수 있을 것 같다, 이 투명
너로부터 나는 자유롭지 못하다
내게 아직도 남아서 꿈틀거리고 있는 것이 있는가
곧 바다는 깊숙이 감춘 이빨 드러낼 것이다
서늘하고도 매혹적인 푸르름은 독소다, 그러나
바다는 그 자신이 간직한 푸르름

아무런 악의가 없다고 하리라, 감히
내 생애 한 번도 마주한 적이 없는 그리고
거부할 수 없는 첫 만남이었다, 절로
모든 걸 내던질 수 있다는 것은

누이, 호박 덩굴손 따라가다

9월이 지나고 있다
잣벽담 위를 호박 넝쿨이 기어오른다
맞되 누구 없이 혼자 오라는 듯 돌멩이와 돌멩이의 은
밀한 곳, 더듬는 덩굴손이 집요하다, 껴안고 함께할 수는
있어도 혼자는 돌아갈 수가 없는 운명, 아직 땅 한 평 밟
지 못하고 밤이면 천하지중天河之中 건너온 굽은 목줄 펴는
소리가 하얗다, 건드려서는 아니 될 것들이 있다고
9월 앞에 6월이 껴안고 있는 꽃망울

　　— 스스로 지는 꽃잎과 바람에 지는 꽃잎이 있다, 더는
씨앗 하나 감추지 못하고 지는 꽃잎도 있다

경계를 허무는 저녁 햇살이 바짝 이마빡 조여오고
언듯언듯 내비치는 폐곡선閉曲線
내 어딘가를 응시하고 있는 갈바람 속
누이

　　— 저 엉덩짝, 시집가라?

가을이파리

푸르름이라, 날개짓
얼마나 더 많이 흔들고 흔들어야 닿을 수 있는 걸까
멈춰 숨으려할 때 한 발짝 먼저 나서서 등내밀고 숨겨줄 수
있는 거, 뿌리로 그리고 우듬지에 드러날 때까지 안으로
안으로 삭혀 내보내는 거, 줄기로 더는 돌아갈 곳이 없다

— 살암시민 다 살아진다

이,
뿌리 곁에 이파리가 있다, 그
뿌리로 이파리를 두드려 소리나도록 노래하며 매달리
고 춤추며 붙들고 싹싹 손과 손 비비며 구르고 기어서 버
텨내는 거, 날로날로 이 산 저 바다 날뛰던 날짐승 질겅질
겅 씹어가며 침 질질 되새기고 또 눈 밝혀 권총에서 대포
까지 펑펑 봄 한 번 쏘아올려보는 거, 아니
이 가을 살아남는 거, 이 비 끝에 흰 눈 보는 거

12월

더는,
내가 먼저 무릎을 꿇습니다, 내 사랑이

— 나는 할 말 다했는데 그는 할 말이 있는가보다

저기,
저 홀로는

1년 더

밥,
밥과 밥 사이
내도 바닷가 알돌밭 밟아가듯
자그락자그락
혼자 굴려먹는 밥

— 다시는 슈퍼쌀집 쌀 사느냐 봐라

입,
입은 살아
국 · 밥 · 찬 두고
아들과 딸 간
너무 먼 아침

— 엄마 집 나간 지 3년이라

아니다,
1년 더
내가 내 손으로 밥 한 술 떠넣어볼 일이다

3부
A의 집

천지연폭포

여기 단 한 줄의 글이 있다

— 몸의 한 곳 살아남은 한 곳 그 따리 질질 구르고 이끌며 앞으로 질질 구르고 이끌며 나아가는 것 말고는 내일을 증거할 이유가 없다 그러니까 내일을 증거할 이유가 없지만 몸의 한 곳 살아남은 한 곳 그 따리 질질 구르고 이끌며 앞으로 질질 구르고 이끌며 나아가는 것 말고는 하나같이 포기할 수 있다는 것, 뚝

꿈꾸는 왕

나는 한 식구의 왕이다
― 화장실 가서 나 있노라 푹 담가앉고 똥 누는 일이다
나는 거리의 왕인 적 있다
― 한밤 중 지퍼 내리고 전봇대 방패삼아 맘껏 오줌 내
갈길 때이다
나는 세상의 왕을 꿈꿨다
― 한낮 검은 혁대 풀고 덩그렁 큰 길 한복판에다 엉덩
짝 까고 똥 한 번 쫘아-쫙 싸보는 거다

꽃으로 보면
벌나비 날아들 것이고
똥으로 보면
똥파리 몰려들 것이다

혼자 먹는 밥

꾸역꾸역,
밭머리 소 되새김질 하듯 먹다말고, 지질지질
밥상머리 북쪽
갯가의 갯지렁이 어른거렸습니다
— 왜 나였을까 왜 하필 나였을까
곱게 죽어내는 일도 다른 한 손이 필요한 것이 아니던가
갯지렁이는 용치놀래기를 만난겁니다 그러나
한 생명에는 한 생명이 아닐 때가 있었습니다
용치놀래기를 한치가 덥썩 물었습니다
— 이 또한 불립문자不立文字가 아니던가
밥 한 술에 한치 살점 하나 덮고
꿀꺽,
살아있다는 것 나 살아낸다는 것
꿀꺽,
삼켜내는 일이었습니다

낯선 화순리에서 초승달빛을 따라

아니다,

가득찬 가슴 비우고 비워서
나도 눈물을 흘리는 부족한 사람이라는 것을 보이고 싶다

먼저 정사가 그리고 사랑이 만나는 화순리에 초생달이
떠오르고 이제 나는 제아무리 그 중심에 매달리고 싶어도
눈썹 한 가닥 밟고 선 떨어질 수밖에 없는 벼랑이다 그래
서 더 곡예를 즐기며 파리나 모기의 날갯짓 잊은 지 오래
다 날이 밝으면 간밤 귓결에 맴돌던 이명이 살아날 것이
다 더욱 달은 차오르고 달독은 달독으로 잡는다기에 달빛
이 주는 독침을 맞는다 파르르한 독은 내장 깊숙이 감춘
혈관을 이완시키고 따라들어온 혈독은 빠져나갈 수가 없
다 이제 남은 유일한 출구는 지지난밤 고샅길로 두 번 똬
리 틀어 숨은 듯 만 듯 그야말로 달빛이 다소곳 젖어든 늪
지를 벗어나 누군가가 마른 땅 일군 감자밭이나 감귤열매
를 살피며 한 바퀴 빙 돌아들어 절로 터져버릴 산방산에
어떻게 저 혼자 그 저속성을 뚫고 돌파했는지 고해하는
일이다

아니다,
텅 빈 가슴 채우고 채워서
나도 더운 피 나누는 심장을 가진 사람이라는 것을 알
리고 싶다

실망과 절망 사이

부엌,

몇몇 순종한 것들이 오른 도마 위 그 중 더는 물러설 곳이 없는 양파 하나 그렇다고 앞으로 나가기에는 아득한 수직 어찌어찌 오늘까지 무디고 서툰 부엌칼질이라 살면서 굽힌 매듭 단숨에 잘라낼 때마다 뒤로 흐물흐물 무너지는 등뼈 내가 원하고 바란 적이 있었던가, 단절을 그러나 눈물로 떨어지고 멀어져간 것들, 언젠가 내 마음이 그 칼 끝에 묻는 날 눈물로 다시 건져올리고 양파 속 그 푸르고 하얀 방 스윽 베고 턱 들어가 앉아 왕왕 이년 나오너라 호령할 지 혹은 그년 쿵쿵 울려낼 지 그 아무도 모릅니다, 홀아비 11년이 내게

목련화
―누이가 보낸 편지에서

뚝,
내가 스스로 내 목을 먼저 품지 않고는
달리, 그 모두를 품을 수 있는 방법이 없었다

― 누구에게나 사랑은 가볍지 않다

달팽이 전서

태어난 곳이 칠성골

세 살 먹고 꼼지락꼼지락 무근성 걸쳐 으상으상 걸어서
한천 건너 새정뜨르 그때가 10대 그나마 망망 20대 서 있
던 곳 광양벌 그로부터 땀이란 땀 깔아 몸 구르고 눈물이
란 눈물 모아 혓바닥 축이며 노형동 과원 찾아뵙고 절동
산까지 왔다, 귤나무 본 나 귤꽃 본 나비 59년이라 고향,
내 등뼈는 높게 혹은 낮게 엎드리거나 기어 납작하다

3월

한 사내 무릎 꿇고 고개까지 숙여지내다가 아흔아홉 주
둥아리에서 사방사방 마구 쏟아내는 소리에 하도 기가 막
혀 하나의 귀로 들어내지 않고는 못 배겨내겠다는 듯 새
롭게 귀때기 더 늘려놓고 아래로 고개 기울이는 작업을
시작했다

겨울 재채기

누구냐
빨리 집에 가라고 거느리는 상이구나
내게 기다리는 사람이 있었나보다, 그래서
섰다 끗발이 서질 않았구나
조왕에 불 켜달라할 수도 없고
담배 연기에 가물가물 감겨오는 소중의
슬몃 화장실 건너 문지방 넘는다
올해는 어느 방향이 막혔을까
동 부자 서 가난 남 장수 북 단명이 아닌가
열한 번째 맞바꿔 옮겨 앉는다, 신수가 훤하겠지
하나 둘 민들레 씨앗 눈뜨는 시각 너 아니면 나,
모든 것이 그 모든 것을 주지 않는다고 왜 몰랐을까
닭 좆던 개 이보다 더 허전하지는 않았을 게다
염병할 남 처마 아래에서 돌돌 눈비맞는 꼬락서니
언제 내가 뿌리가 되리라 여겼던 적이 있었던가
아이들은 가까이서 울고, 나 몰라라 또한
붕어빵 주둥이 돈 천원에 뻐금거린다
이제 나는 내가 걸어온 날들은 없다, 한 번만 더,

더 하다가 마실 길에 나 스스로 집으로 가는 길은 멀어
져가고
더는 외로움과 그리움 싹틔웠던 감나무가지에 걸린 내
허기가 들킬까
아프다

병따개
— Y염색체만 걸러내는 시대

딱,
사내 중 사내
자신의 목 미련없이 내주는 사내

— 여성의 시대 물 건너온다

넌,
내꺼다, 내가
가질 수 없다면 그 누구도 가질 수 없다

— 사내들이 1회용으로 내버려진다는 것

넌,
끝났다, 그
긴 쇳덩이 달구었던 굴욕의 시간 아느냐,

— 남성의 종말 선언한다

잊지마라, 사내
뻣뻣함이 부드러움으로
아침 출근 때 신을 구두 뒷굽 닦아내는 일

가을숲에 들다

적과 녹 색맹色盲이다

색 · 색 · 색
누이 속눈썹 아래 먼 눈망울
그 너머 길섶마다 쟁 · 쟁 · 쟁

햇살이 눕는다
그래도 밟고 겨울로 간다
뒤돌아보지 않겠다 오름 하나 넘으면
잉걸 속 군고구마 손
무너진 돌담에 무너진 돌멩이로 짓은 집

중력을 이기고 걷는 나를 흔들지 마라

비가 내린다

대낮,
노형로타리 한복판이다

— 비 속에서만 비를 피할 수 있다

나는, 누가 나를 구하러 우산을 버리고 또 다른 나를 발
견하고 오는지 보기 위해
아니 맞기 위해 기꺼이 우산을 접었다

— 비 밖에서만 비를 볼 수 있다

나는, 누가 나를 구하러 우산을 펴고 또 다른 나를 발견
하고 오는지 보기 위해
아니 맞기 위해 기꺼이 우산을 폈다

— 비는 비 안에서만 비다

빈 손에 빈 몸
그의 숨결이 나의 숨결로 비가 비를 부른다

마라도 가는 길

시작이 반이라던가, 늦다
너울 휘몰아오는 바람, 누가
모슬봉 정상에 이는 바람소릴 듣겠는가
산갈치 눈알에 바스라지는 햇살, 그 누가
눈 먼 소년 어두워져가는 저녁바다를 알겠는가
쓸쓸함이 너무 쓸쓸해서, 또 그 누가
아득한 해원을 건너가고 있는 음률의 정표를 보겠는가
사방에서 들려오는 말씀의 힘
싸락눈 주낙에 걸린 가느다란 바람줄기일 뿐
죽어가지 않는 것들을 차마 나는 바라볼 수가 없다
몸으로 맨 몸으로
봄에서 겨울 다시 겨울에서 봄까지
달이 몸 감추듯 감추는, 마라도
닿으면 절망으로 절망 속으로 눈뜨는 하얀 낮달
가파도에서는, 멀다

눈으로 먹는 밥

외손자,
첫 손이고 첫 만남이다
다음 날 추석
통통 내 배가 왜 튀어 오르는지 모르겠다

쪼록쪼록
젖병을 빠는 소리
얼마만인가, 젖내음
물큰물큰 내 배가 왜 부풀어 오르는지 모르겠다

— 그만, 할아버지도 저녁식사를 드셔야 하는데?

뽀롱뽀롱
내가 일어나자, 운다
이 또한 얼마만인가, 아이 울음소리
방방 내 배가 왜 가득 차오르는지 모르겠다

당신의 서쪽
눈시울에 이는 쌀 한 톨
내가 늙고 있다는 증거일 게다

거울을 보다

살짝,
아침 세수를 하고 난 세숫물 위
나의 입술 뚝 건드리고 떨어진 낙엽 하나, 사뿐

— 그렇다 오늘

입이 큰 그 여자
그녀가 먼저 말문을 열 것만 같다, 훌라당
63살,

A의 집

그는,
나를 기다리면서도 오지 않았다
나 또한,
그를 기다리면서도 가지 않았다

— 서로가 눈 한 번 질끈 감고 세수하는 일이었다

그 누구랄 것도 없다
그의 머리통이 먼저 기우뚱 아니 나의 머리통이 먼저
기우뚱
집이 되었다, 꿈꾸던 서구식 집
제주시 노형동 942 -8번지다 그리고
딸아이 하나 낳는 데는 그리 오래 걸리지 않았다

그 딸아이 이름은 '에이'다

4부
우도에서 일박

가파도

내가,
소라의 울음소리 들릴 듯 , 먼 곳
한없이 밀리고 밀려드는 너울 속 섬이 섬을 낳는 밤 마
침내 나 혼자라는 사실, 그로부터 내 안과 내 바깥 쉼 없
이 헤어질 수 없어 헤어지는 손짓 더는 볼 수 없어도 보아
야 하는 눈망울 그리고 눌 수 없어 뉘있는 몸뚱아리,

바당아, 그만
모슬포해협 건넜다, 15살

환절기

왜 나는 오름을 젖가슴으로 보이는 걸까?

한 발 한 발 오른다 집중이고 선택이다 그 보폭따라 나
무들 변증이고 불변이다 너붓너붓 손 발 허리까지 젖줄이
좌르르 하다, 정상은

아이가 아이를 건너 어미를 찾듯 나 또한 늙은이 건너
아흔한 살 노인에게 조금 자리를 내주시지 않겠습니까 말
건넨다 표정은 결을 통한 모습보다 더 기본적인 것이 아
닐까 노인은 인터넷 바다 한복판 햇살이기도 하고 산마루
에 북두칠성 고대하는 눈망울인가 하면 시퍼런 하늘 아래
적막에 잠겨있는 초겨울 들판이기도 하다 거기서 한 꺼풀
더 들여다보면 결의 모습이 다시 표정을 지배한다는 것
네가 내 곁에 잠시 함께하고 있다는 것 마치 열한 살 누이
죽고 나서 나를 더 소중히 여길만할 때 아버지가 죽고 마
저 어머니 죽고 마침내 일상을 접고 나뭇잎 끝자락에 천
개의 입 천 개의 눈이 녹아내리던 늦가을 풍경, 그 자체가
하나의 풍경일 뿐이라는 것

살랑,
바람이 이는 걸 본다
그 노인 지나간 듯 허허하다

호박꽃에 길을 묻다

마침내,
황구렁이는 똬리를 틀었다

전부 아니면 전무다

이내 굽거나 가서 껴안거나 잡혀 업히거나 이 궁리 저
궁리 드러내는 혓줄때기의 끝

꽃 지지 않으면 열매는 없다

눈 한 번 깜빡이고 앞으로 끌어당기면서 하루건너 나갈
때 마다 굽힌 정점에 부서지는 햇살의 각도

떨어지는데 무슨 높이가 필요하랴

점에서 선으로 그리고 선에서 면으로 오직 수평과 수직
만 숭배하는 지상의 아침

침묵은 움직이지 않는 죄악이다

돌아가야 할 땅과 지켜내야 할 하늘이 녹아 흐르는 작벡
담의 트라우마trauma, 또한 죄악은 살아남았다는 증거다

할머니의 밥
— 2003년 대입

이 설룬 거, 기여이 딸 여식을 비행기에 올렸다

— 느가 나고 내가 느 아니가

제주바당이 으르렁으르렁 절지쳐와도 궁끌궁끌 한라산
이 와랑와랑 불붙어올라도 느렁느렁 느 데멩이 든 거, 고
것만은 못 가져갈 거 아니가 이 분시모른 거, 어떵 고라사
알아드르코 늘 배 봉고랑이 먹을 일, 이 설룬 거사

고내高內에서 일박一泊
— 입도조 만희萬希 옹

수평선,
세 이레 스무하루 건너 두 이레 열사흘
다문 입 굽은 등 그 허연 등뼈 그리고 그 위 나

— 부에 저껏 디 용심내지 마라

차마,
누인 목·마저 올린 귀·먼 눈
바다는 날 세우고 나는 날 지운다

어머니 숟가락

아,
입, 아
크게 더 크게 아, 옳지
한 번만 더 아, 옳지 옳지
아이구 내 새끼 착하지 냠냠, 그 아이 64살
그 숟가락 골싹하다

그 아이 고봉밥 지나 그 어머니 젖무덤,

아,
입, 아, 아
크게 더 크게 아, 아, 예
한 숟갈만 더 아, 아, 아, 예 예 예
한라병원 62병동 633호실, 어머니 92살
그 숟가락 봉긋하다

5인 병실 그 누군가가
북두칠성 산마루에 이는 햇살이라 했다

비양도에서 일박一泊

비양도 먼 바다 저물어 갑니다 등 시린 어부는 불 밝혀
가고 나는 눈바위에 서서 밀려오는 너울을 바라다봅니다
파도 넘쳐 떠밀려 흘러흘러 흘러오는 것들, 바람 불어 멀
리멀리 멀어져가는 것들, 나로 인해 힘들어했던 것들이
뭉클 하나 둘 떠오르면서 나는 그냥 그대로 누군가를 기
다리며 서 있다는 것을 알았습니다 얼마나 흘렀을까 달빛
퍼져 맨살 또렷 드러나는 밤입니다 여보여보 온갖 무늬
띄우고 댕강댕강 꽃 진 자리 향해 흐느끼고 있다는 것을,
내 맘속에 그대 마지막 말 아직 살아 숨쉬고 있다는 것을,
내가 나를 화들짝 들켜 부끄러움이 쿵쿵 사랑을 품어 안
은 달빛인 것을, 바다 또한 섬 하나 숨기고 밤낮없이 구르
고 변하며 지켜내고 있다는 것을, 나는 내 외롬에 취해 그
때는 정말 몰랐습니다

마라도

눈,
하루 눈감고
귀,
귀 막고 사나흘
입,
아흐레 입 닫고

— 폐쇄적 독선 혹은 순교자적 오만

내가 나 스스로 단절에 들어선 걸 아는지 마라도 또한
뭍에서 그나마 물러나 앉은 저 지독한 에고가 낳은 깡마
른 덩어리가 아니었던가 내 안의 나를 부르는, 그 사선
나, 서다

하지夏至

맨 밤,
이 때 아니면 기억 속의 나는 없다는 듯 세상은 그저 알
듯 모르 듯 하루하루 목 걸고 납작 기어 구르며 구걸로 헉
헉 눈높이 훔쳐보고 그 배설물 받아먹고 살아주고 살아내
는 일이라는 거, 꼴깍 그루밭에 목 놓는 순간까지 너가 나
라는 듯 고구마 순의 순명

— 기억하고 싶은 것만 기억하고 보고 싶은 것만 본다

안다,
드러나고 만져지는 것과 보이는 것만이 전부가 아니라
는 사실에 이르기까지 그리고 또 하나 비록, 지금 지향하
는 것이 뿌리일지라도 그 끝은 꽃 한 번 피움이었다는 것
을, 그 마음 끝까지 다하지 못한 내가,

뿌리를 다시 우듬지를 친다. 내가
나를 친다, 비는
내일의 비는
내 일이 아니다

11월

그대와 나란히 서 있어도 만나는 곳 아픔 건너 슬픔 건
너 한 몸이 되는 밤을 꿈으로 꿈을 꿉니다, 늘 서서 한없
이 바라다본다는 것 마른 잎에 가을비 곧 내려앉을 듯,

두렵습니다.

눈으로 듣는 귀

나,
아직 그대, 남자?

중력이 깊다
보름달 건너 점점이 박혀드는 눈의 귀
궤도를 수정한다
한줄기 눈이 내는 소리 따라 구르는 귀의 눈
달이 진다
그대는 눈 주고 나는 귀 닫는 형벌이다
팽창과 수축
눈앞에 다가갈수록 더 숨어들고 싶은 귓속

그대,
아직 내, 여자?

돌아갈 곳이 없다

우도에서 일박一泊

아마,
섬은 뭍으로부터 멀어져가고 있음을 알고 있었다
달빛이 섬을 품고 떠난 까만 밤이 아니었을까, 섬은
바다 건너 자신이 원하든 원하지 않든 떨어져나갈 수밖
에 없다는 것을 익히 알았다

섬이 된다는 것

어쩌면 섬은 저 태어나기 이전부터 아니 저 자신이 속
으로 절실히 간구하고 있었는지 모른다, 나
또한 우도에 오기까지 그 누구나 섬 속의 섬을 기다려
왔다는 것을, 나도
몰랐다

■
해 설

밤앵무새의 울음소리 들리는 시간

변종태(시인)

밤앵무새의 울음소리 들리는 시간

외로움은 주위에 아무도 없을 때가 아니라,
사람들과의 관계 속에 있을 때 엄습한다.
— 마리엘라 자르토리우스 『고독이 나를 위로한다』에서

변 종 태
(시인)

1. 고독을 치유하는 글쓰기

뉴질랜드에 서식하는 연노란색 깃털을 가진 야행성앵무새 카카포 (마오리어 : kakapo '밤 앵무새') 에 관한 이야기를 들은 적이 있다. 초식이자 야행성인 이 새는 현재 세계적으로 심각한 멸종 위기종으로, 지구상에 123마리만 남아 있기 때문에 모든 개체에 이름이 붙어있다고 한다. 몸 크기에 비해 무겁고 짧은 날개 때문에 날지 못하고, 포유류 포식자가 없는 뉴질랜드에서 서식했으나, 영

국의 식민화 과정에서 고양이, 족제비 등의 포유류가 유입되면서 심각한 멸종 위기를 겪고 있다고 한다.

김성수 시인의 시집 원고를 읽다가 문득 밤앵무새의 우수 깊은 눈동자가 떠올랐다. 얼굴에 감각원반, 콧수염과 같은 깃털, 큰 회색부리, 짧은 부리가 있으며, 전체적으로 큰 다리, 상대적으로 짧은 날개와 꼬리를 지니고 있으며, 무겁고 짧은 날개 때문에 날지 못한다. 밤앵무라는 이름으로도 알 수 있듯이, 야행성이기 때문에 낮에는 관측되지 않는 이 새가 떠오른 이유는 무엇일까. 낮에 비해 밤이 무척 길게 느껴지는 카카포의 외형을 떠올렸기 때문일까, 아니면 시인의 우수 깊은 눈동자가 떠올랐기 때문일까. 그도 아니면 고단한 삶을 살아온 시인의 생生이 떠올랐기 때문일까.

앤서니 스토는 그의 저서 『고독의 위로』에서 "글쓰기를 비롯한 다양한 창작 활동은 상실을 적극적으로 극복하는 하나의 방법이 될 수 있다."고 말한 바 있다. 또한 "누구에게나 어느 정도의 인간관계가 필요하다. 하지만 동시에 혼자서만 느낄 수 있는 충족감도 필요하다. 주변에 친구와 지인이 있고 또 자신에게 중요한 일에 열정적으로 몰입할 수 있다면, 그 사람은 주변 사람들과 아주 친밀한 관계를 맺지 않는다 해도 행복할 것이다."고 한 말도 머리를 맴돈다.

2. 혼자 먹는 밥

김성수의 시를 읽다 보면 시집 전편에서 외로움이 뚝뚝 흐른다. 그는 제주도 토종이다. 제주도라는 공간은 어떤 공간인가. 뭍사람들은 관광과 낭만의 섬이라고들 하지만, 제주땅 곳곳에는 유형流刑의 흔적들이 산재해 있다. 뿐만 아니라, 지금처럼 관광지로 각광받기 이전에는 섬 외부로부터 온갖 시련이라는 시련은 다 겪은 땅이다. 지금도 그것은 그리 달라지지 않았다. 제주는 감옥이다. 그것도 철창 없는 감옥이다. 수평선으로 섬을 둘러쳐, 섬사람들은 섬을 벗어나면 수평선에 목이 졸리는 줄 아는 그런 유형流刑의 땅이다.

이런 곳에 사는 것만으로도 유형의 삶인데, 시인은 이 안에서 스스로를 유배시키고 있다는 느낌이 든다. 외부와는 단절된 채 자기 안으로만 침잠하는 삶을 살아왔다. 그도 그럴 것이, 오랜 공직생활을 청산하고 이제 인생의 내리막길을 빠르게 내려간다는 생각은 시인을 더욱 감당 못할 외로움에 시달리게 한다.

밥,
밥과 밥 사이
내도 바닷가 알돌밭 밟아가듯

자그락자그락
혼자 굴려먹는 밥

— 다시는 슈퍼쌀집 쌀 사느냐 봐라

입,
입은 살아
국·밥·찬 두고
아들과 딸 간
너무 먼 아침

— 엄마 집 나간 지 3년이라

아니다,
1년 더
내가 내 손으로 밥 한 술 떠넣어볼 일이다

—「1년 더」 전문

'밥'이 무엇인가. 우리가 먹는 밥은 단순히 생존을 위
한 영양의 공급이라는 단순한 의미를 초월한다. 그러기에
누군가와 밥을 먹는다는 일은, 상대와의 특별한 관계 맺

음을 의미하기에 밥을 먹는 일은 인간 문화의 시원始原이라 하리만치 중대한 의미를 지닌다. 위의 시에서 시인은 아침밥을 먹는다. 하지만 그가 먹는 밥은 이미 밥이 아니다. 아들과 딸이 마주앉아 있지만, 입 안에 떠 넣은 밥알은 밥이 아니라 자그락거리는 자갈이다. 그 이유가 무엇일까. 아내가 집 나간 지 3년이라는 대목에서 추측해 볼 수 있다. 하지만 시인은 아내를 쉽사리 잊지 못하고 있다. 1년만 더 자기 손으로 밥을 떠 넣듯이 기다려보자고 다짐에 다짐을 한다. 그러면서도 밥알이 입 안을 구르는 것은 집나간 아내 때문이 아니라, 슈퍼쌀집의 쌀이 안 좋기 때문이라고 눈을 흘긴다. 시적으로는 의도적으로 상황의 본질로부터 유리되려는 태도인 시치미떼기 기법이다. 공연히 애꿎은 슈퍼쌀집만 손님 떼이게 생겼다.

꾸역꾸역,
밭머리 소 되새김질 하듯 먹다말고, 지질지질
밥상머리 북쪽
갯가의 갯지렁이 어른거렸습니다
— 왜 나였을까 왜 하필 나였을까
곱게 죽어내는 일도 다른 한 손이 필요한 것이 아니던가
갯지렁이는 용치놀래기를 만난겁니다 그러나
한 생명에는 한 생명이 아닐 때가 있었습니다

용치놀래기를 한치가 덥썩 물었습니다
— 이 또한 불립문자不立文字가 아니던가
밥 한 술에 한치 살점 하나 덮고
꿀꺽,
살아있다는 것 나 살아낸다는 것
꿀꺽,
삼켜내는 일이었습니다

—「혼자 먹는 밥」 전문

이 시에서도 시인은 혼자 밥을 먹는다. 하지만 혼자 먹는 밥이 밥맛이 있을 턱이 없다. 밥 한술 입에 물고 공연히 정신이 먹먹해진다. 눈앞에 쓸 데 없는 일들이 아른거린다. 신의 낚싯줄에 꿰어진 갯지렁이 미끼를 자신이 덥석 물어버린 것 같은 미련과 아쉬움이 남는다. 그 운명에 '왜 나였을까 왜 하필 나였을까' 물음을 던져보지만, 아무도 대답을 해 주는 이 없다. 알 길이 없다. 결국 씹던 밥을 힘겹게 삼킨다. '살아있다는 것 나 살아낸다는 것' 은 결국 이처럼 억지로라도 밥을 삼키는 일이란 걸 깨닫는다.

내가,
소라의 울음소리 들릴 듯, 먼 곳
한없이 밀리고 밀려드는 너울 속 섬이 섬을 낳는 밤 마

침내 나 혼자라는 사실, 그로부터 내 안과 내 바깥 쉼 없이
헤어질 수 없어 헤어지는 손짓 더는 볼 수 없어도 보아야
하는 눈망울 그리고 눌 수 없어 뉘있는 몸뚱아리,

바당아, 그만
모슬포해협 건넜다, 15살

—「가파도」 전문

이러한 나날이 거듭되고 지속될수록 시인은 점점 더 고
립되어 간다. 아니 스스로를 더욱 섬 안으로 고립시켜 간
다. 섬 안에서 섬이 되어가는 시인이 모습은 결국 우리네
모든 인간들에게 물음을 던지고 있는 것으로 보인다. '넌
외롭지 않으냐, 넌 섬이 아니냐.'고. 그래서 건너간 곳이
최남단의 유인도인 마라도와 제주 본도의 사이에 있는 가
파도다. 이쯤 되면 외로움도 절정에 달하게 되는 게 아닌
가 싶다.

3. 고향과 과거를 향한 걸음

외로움의 끝에 서게 되면 사람들은 과거지향적인 성향
을 보이게 된다. 그런데 '고향'이라는 낱말은 누구에게나

다정함과 그리움과 안타까움이라는 정서를 강하게 환기하는 말이면서도, 정작 '이것이 고향이다.'라고 정의를 내리기는 어려운 단어이다. 그것은 고향이 '공간'이며 '시간'이며 '마음[人間]'이라는 세 요소가 불가분의 관계로 결합된 복합적 심상이기 때문이기도 할 것이다. 결국 시인은 자신의 뿌리를 찾는 여행을 떠나게 된다.

> 태어난 곳이 칠성골
> 세 살 먹고 꼼지락꼼지락 무근성 걸쳐 으상으상 걸어서 한천 건너 새정뜨르 그때가 10대 그나마 망망 20대 서 있던 곳 광양벌 그로부터 땀이란 땀 깔아 몸 구르고 눈물이란 눈물 모아 혓바닥 축이며 노형동 과원 찾아뵙고 절동산까지 왔다, 귤나무 본 나 귤꽃 본 나비 59년이라 고향, 내 등뼈는 높게 혹은 낮게 엎드리거나 기어 납작하다

— 「달팽이 전서」 전문

시인이 태어난 곳은 제주시의 중심가인 '칠성골'. 그곳으로부터 시인의 느린 걸음은 '무근성'(제주의 옛 성지)을 거쳐 서쪽을 흐르는 한천을 건너 '정뜨르'로, 광양으로 돌다가 결국은 노형의 절동산까지 스며든다. 이제 칠순을 바라보는 나이에 달팽이처럼 느리게 제주시 서부지역을

순회하다가 뿌리내린 노형은 1959년 당시만 해도 솔숲으로 우거진 시골 부락이었다. 이곳에서 시인은 자신의 과거와 추억을 키우고, 시심을 다듬은 것으로 보인다. 하지만 고향에 대한 애틋한 정서가 형성되는 것은 고향의 모습이 그대로 보존될 때가 아니라, 과거와는 천양지차로 모습이 바뀌어가기 때문일 것이다.

　　알폭낭,
　　내 기억 속 어머니는 한창 때 몸집 탱탱 굳게 지탱하려는 팔다리 그 팔다리 건너 파삭파삭 가을볕 솔바람에 나이마저 뭉개며 잊혀나간 속 그 속 건너 덕지덕지 내 새끼 아문 상처 굽은 등줄기 탄 다문 입 그 다문 입 건너 비척비척 밤길 걸어 돌아온 아버지 발목 그 발목 덥석 붙잡던 눈망울 그 암노루 눈망울이 갔다, 택지개발 그 포크레인 지게발에 뽑혀갔다, 그 뿌리에 매달린 그 누이 그 형 그 어른들이 트럭의 끝에 갔다
　　폭낭알

　　　　―「노형 그 팽나무 ― 노형리 835번지 어귀」 전문

마을 어귀의 정자나무인 폭낭(팽나무)는 시인에게 고향을 떠올리게 하는 매개물이라 여겨진다. 그 나무처럼 굳

건하던 어머니, 얼근히 술에 취해 귀가하시던 아버지의
모습이 비치고, 아버지의 다리를 붙잡던 여인의 모습도
팽나무에 어린다. 하지만 지금의 고향은 택지개발로 '나
그 누이 그 형 그 어른들'이 떠나간 것처럼 포크레인으로
상징되는 도시화의 힘 앞에 무력하게 뽑혀나가고 말았다.
그러기에 시인에게 있어서의 고향은 아련한 그리움인 동
시에 애잔한 슬픔의 대상으로 떠오르는 것이다.

　　인간이 어머니 뱃속에서 태어난 것이 생물학적인 탄생
이라면, 고향이라는 장소에서 태어난 것은 지리학적인 탄
생인 셈이다. 이러한 측면에서 자신이 태어난 시간이 동일
하기에 자연히 어머니와 고향은 하나가 된다. 따라서 고향
을 떠올리면 어머니가 자연스레 떠오르고, 지금은 부재하
는 대상에 대한 그리움은 또 다른 외로움을 불러일으킨다.

　　　아,
　　　입, 아
　　　크게 더 크게 아, 옳지
　　　한 번만 더 아, 옳지 옳지
　　　아이구 내 새끼 착하지 냠냠, 그 아이 64살
　　　그 숟가락 골싹하다

　　　내 고봉밥 지나 그 어머니 젖무덤,

아,

입, 아, 아

크게 더 크게 아, 아, 예

한 숟갈만 더 아, 아, 아, 예 예 예

한라병원 62병동 633호실, 어머니 92살

그 숟가락 봉긋하다

5인 병실 그 누군가가

북두칠성 산마루에 이는 햇살이라 했다

—「어머니 숟가락」 전문

어릴 적 어머니가 나에게 밥을 먹여주던 그 일은 이순 耳順을 넘긴 나이에도 애틋하기만 하다. 한 수저라도 더 먹이려는 어머니는 어르고 달래며 나에게 밥을 먹이셨다. 그 때 고봉으로 퍼서 나에게 먹여주던 그 밥그릇은 곧 어머니의 젖가슴과 등가물이 된다. 그리고 세월이 지나 구순九旬을 넘긴 노모가 병원에 입원해 있을 적엔 아들이 다시 어머니가 하던 그 일을 돌려드린다. '옳지'가 '예'로 바뀌었을 뿐인 이 기막힌 대칭이 우리네 삶의 흔적을 오롯이 보여준다.

4. 자식들에 대한 애끓는 부성父性

김성수 시인은 1남 2녀의 아버지이다. 그것도 홀아비로 자신의 삶과 아울러 자식들의 삶을 챙겨야했던, 4인분의 삶을 살아야 했던 고단함이 그의 생에 고스란히 담겨 있다. 하지만 아버지라는 생의 무게는 자식들의 눈망울을 바라볼 때면 고독이니 외로움이니 하는 단어는 사치스런 수사修辭에 불과하다. 자식들 앞에서는 한 사람의 개인으로서 누려야 하는 모든 것을 포기할 수도 있었던 것이 시인의 삶이 아니었나 싶다.

이 설룬 거, 기여이 딸 여식을 비행기에 올렸다

─느가 나고 내가 느 아니가

제주바당이 으르렁으르렁 절지쳐와도 궁끌궁끌 한라산이 와랑와랑 불붙어올라도 느렁느렁 느 데멩이 든 거, 고것만은 못 가져갈 거 아니가 이 분시모른 거, 어떵 고라사 알아드르코 늘 배 봉고랑이 먹을 일, 이 설룬 거사

─「할머니의 밥 ─ 2003년 대입」 전문

대입 시험을 치른 딸이 기어이 육지로 나가 대학을 다니겠다고 고집이다. 아내 없이 딸자식들을 길러야 했던 시인은 객지 타관으로 진학하겠다는 딸을 어지간히도 만류한 것으로 보인다. 그러다가도 결국은 딸의 소망대로 비행기에 태워 슬하를 떠나보낸다. 이 상황이면 세상의 어떤 아버지도 머리(이성)로 말할 아버지는 없다. 가슴으로, 감정으로 말을 하게 된다. 일반적으로 제주 사람들은 이중적 언어생활에 매우 능숙하다. 공적인 자리나, 다른 지방 사람들을 만나면 반듯한 표준어를 구사하다가도 고향 사람이나 친지들을 만나거나, 감정이 격해지면 사투리가 튀어나온다.

결국 시인은 딸에게 사투리로 타박을 한다. '느가 나고 내가 느 아니가'(네가 나고 내가 네가 아니냐) 제주바다가 으르렁거리며 큰 파도쳐 와도 한라산에 활활 불이 붙어도 네 머리에 든 것을 누가 가져갈 것이냐. 분수 모른 것, 어떻게 말해야 알아듣겠니. 고향에 있으면 배곯지 않고 넉넉히 먹을 텐데. 하지만 이런 아버지의 설득과 타박에도 굴하지 않고 결국 딸은 비행기에 몸을 싣고 떠난다. 딸이 떠난 뒤 공항 대합실에 서 있는 시인의 모습이 눈에 선하다.

가을이라, 씨호박은
굽은 등짝 만한 외할머니 초가지붕 위에서 언뜻언뜻 내

비추는 햇살 한 톨 품느라 이 가을, 등줄기 한 번 더 비틀
겠지, 그래

— 다 잃은 데는 다 지키려는 데 있었다

내 곁 가을 내 탓이 되는
껴안듯 밀쳐낸 그 딸년
외손자, 겨울 건너 봄이 춥겠다

— 「품는다」 전문

　그렇게 딸을 떠나보내고 나서, 시인은 가을이 되어 초
가지붕 위에서 익어가는 씨호박 덩이를 보면서, '다 잃은
데는 다 지키려는 데 있었다' 는 깨달음을 얻는다. 어쩌면
딸을 곁에 두려고 했던 것은 '다 지키려는' 욕심 때문이
아니었을까 생각한다. 그러고도 출가한 딸이 낳은 외손자
의 안부가 궁금해진다. 가을이 되고 날씨가 차가워지는
때가 오면 녀석의 소식이 더 궁금해져, 겨울 안부를 묻는
다.

쪼록쪼록
젖병을 빠는 소리

얼마만인가, 젖내음
물큰물큰 내 배가 왜 부풀어 오르는지 모르겠다

— 그만, 할아버지도 저녁식사를 드셔야 하는데?

뽀롱뽀롱
내가 일어나자, 운다
이 또한 얼마만인가, 아이 울음소리
방방 내 배가 왜 가득 차오르는지 모르겠다

— 「눈으로 먹는 밥」에서

그러기에 오랜만에 자신을 찾아온 외손자가 그저 신기하기만 하다. 젖병을 빠는 소리도, 젖내음도, 아이의 울음소리도 그저 신기하기만 하다. 아니, 자신이 할아버지가 되었다는 사실이 정말로 신기한 것인지도 모른다. 더구나 아이가 먹는 모습만 봐도 저절로 배가 불러오는 일이 신기하기만 하다.

그러기에 시인은 스스로를 일으켜 세우기를 잊지 않는다.

나는 한 식구의 왕이다
— 화장실 가서 나 있노라 푹 담가앉고 똥 누는 일이다

나는 거리의 왕인 적 있다
— 한밤 중 지퍼 내리고 전봇대 방패삼아 맘껏 오줌 내
갈길 때이다
나는 세상의 왕을 꿈꿨다
— 한낮 검은 혁대 풀고 덩그렁 큰 길 한복판에다 엉덩
짝 까고 똥 한 번 쫘아-쫙 싸보는 거다

꽃으로 보면
벌나비 날아들 것이고
똥으로 보면
똥파리 몰려들 것이다

—「꿈꾸는 왕」 전문

　무엇이든 하고 싶은 대로 하고, 꿈꾸는 대로 하고자 하
는, 일종의 허세도 부려본다. 하지만 자신이 한 가정의 가
장임을 전제로 한 행동들이다. 이러한 모습을 남들이 어
찌 보든 상관없다. '꽃으로 보면/벌나비 날아들 것이고/
똥으로 보면/똥파리 몰려들 것'이기 때문이다. 남의 이목
과 시선을 의식하지 않고, '세상의 왕'을 꿈꾸며, '거리의
왕'인 적도 있지만 가장으로서의 권위와 위엄은 잃지 않
는다. 그것이 가족에 대한 책임이고, 아이들에 대한 사랑

의 전제임을 잘 알기 때문이다.

5. 고독이 고독에게

이 시집에 실린 시들을 보면 꽤 오랜 세월 동안 쓰고 다듬은 결과물이라는 것을 알 수 있다. 오십대부터 시작해서 예순넷까지 오는 동안 고독과 싸우며, 고독에 몸부림치며 시와 씨름한 결과이기에 이 시집은 삶의 궤적을 고스란히 담아내고 있다. 그 길을 걸어오는 동안 시인의 유일한 벗은 고독이었다. 수많은 사람들 가운데 있으면서도 뼈에 사무치게 겪어야 했던 외로움, 그것은 곁에 누가 없다고 해서만 느끼게 되는 외로움은 아니다. 물론 모든 인간은 근본적으로 외로운 존재라 하지만, 김성수 시인에게 있어서의 외로움은 아주 특별한 것이었다. 더구나 마지막이라는 단어가 유난히 도드라져 보이는 나이, 칠순을 바라보는 나이에 겪게 되는 외로움이기에 그것은 더욱 절실해진다.

이제 시인은 더 깊은 외로움의 숲속으로 걸어 들어갈지도 모른다. 아니 이미 그 과정을 겪고 있는 것일 수도 있겠다. 이 시집 뒤로 이어질 또 다른 시에서는 고독이 어떤 모습으로 형상화될지 궁금해진다. 카카포가 부르는 밤노

래가 들려오는 지금 이 시간은 외로움의 시간이다. 외로움의 시계바늘 소리는 특이하게 울린다. '째깍째깍'이 아니라 '고독 고독' 울린다. 창밖에 어둠이 깊다. 그 속에서 외로움의 시계가 저 혼자 바늘을 돌리고 있다. 김성수 시인의 시 한 편을 마저 읽는다.

불이 부怠로 곧 물이 무無로 이어지는 내 내리막 생의 끝자락, 그 누구 한 사람 만남도 무섭고 다 무섭고 뚜벅뚜벅 내 것으로 내 것으로 가는 먼 발걸음, 64살

—「'ㄹ'의 탈락」 전문